good luck sign

福

bunny lantern

red envelope

drum

dumplings

symbolic sun

qi pao

oranges

noisemaker

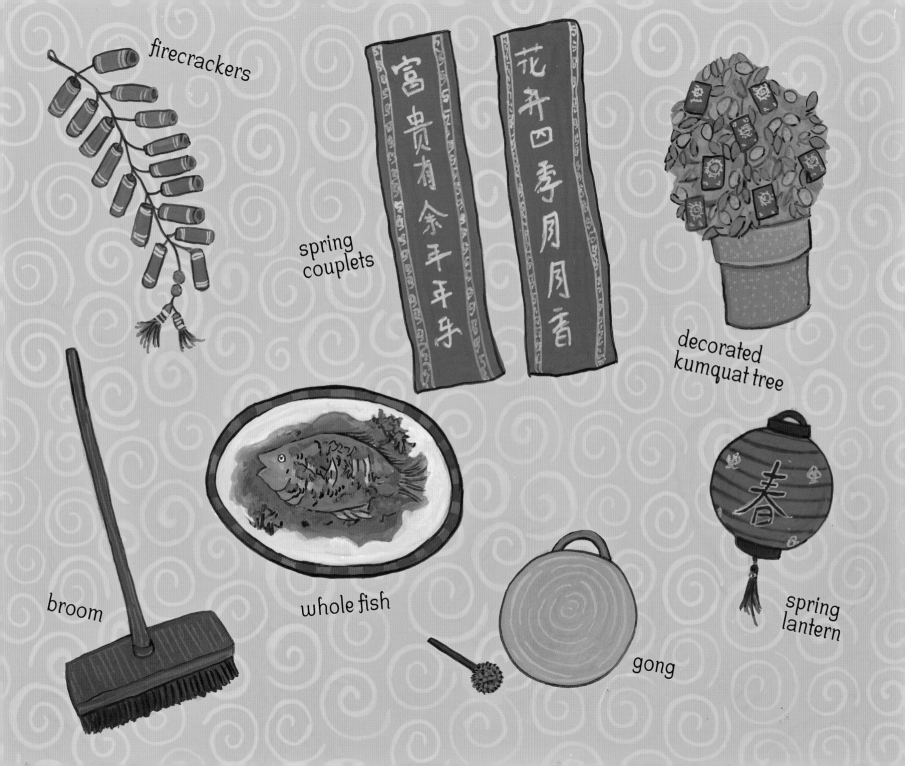

firecrackers

spring couplets

富贵有余年年乐
花卉四季月月香

decorated kumquat tree

broom

whole fish

gong

spring lantern

Visit us on the Web! www.randomhouse.com/kids

Educators and librarians, for a variety of teaching tools, visit us at
www.randomhouse.com/teachers

The Library of Congress has cataloged the hardcover edition of this work as follows:
Lin, Grace.
Bringing in the New Year / Grace Lin.
p. cm.
Summary: A Chinese American family prepares for and celebrates the Lunar New Year.
End notes discuss the customs and traditions of Chinese New Year.
ISBN 978-0-375-83745-6 (trade) — ISBN 978-0-375-93745-3 (lib. bdg.)
[1. Chinese New Year—Fiction. 2. Chinese Americans—Fiction.] I. Title.
PZ7.L644Br 2008
[E]—dc22
2007011687

ISBN 978-0-375-86605-0 (pbk.)

MANUFACTURED IN CHINA

10 9 8 7 6 5 4 3 2 1

First Dragonfly Books Edition

To my niece Lily,
who I hope continues to bring
in every New Year smiling

Bringing In the NEW YEAR

新年快樂

Grace Lin

DRAGONFLY BOOKS —— NEW YORK

Is the New Year coming?
I hope so!
We try to welcome it in.

So, Jie-Jie
sweeps the old
year out of the house.

Ba-Ba hangs the
spring-happiness poems.

Ma-Ma makes the
get-rich dumplings.

Mei-Mei gets a fresh haircut.

And I put on my new *qi pao* dress for the New Year feast. Now will the New Year come?

Pop! Pop! Pop!
Do you hear the firecrackers?
Are they bringing in the New Year?

No! But they brought in the lions. They're here to scare away last year's bad luck.

They scare Mei-Mei too.
Don't cry, Mei-Mei!

Where is the New Year?
We carry the lanterns to light its way.

I hope the New Year
follows us soon.

Look, there's the dragon!
Auntie is waking him up by opening his eyes.
The New Year must be coming.

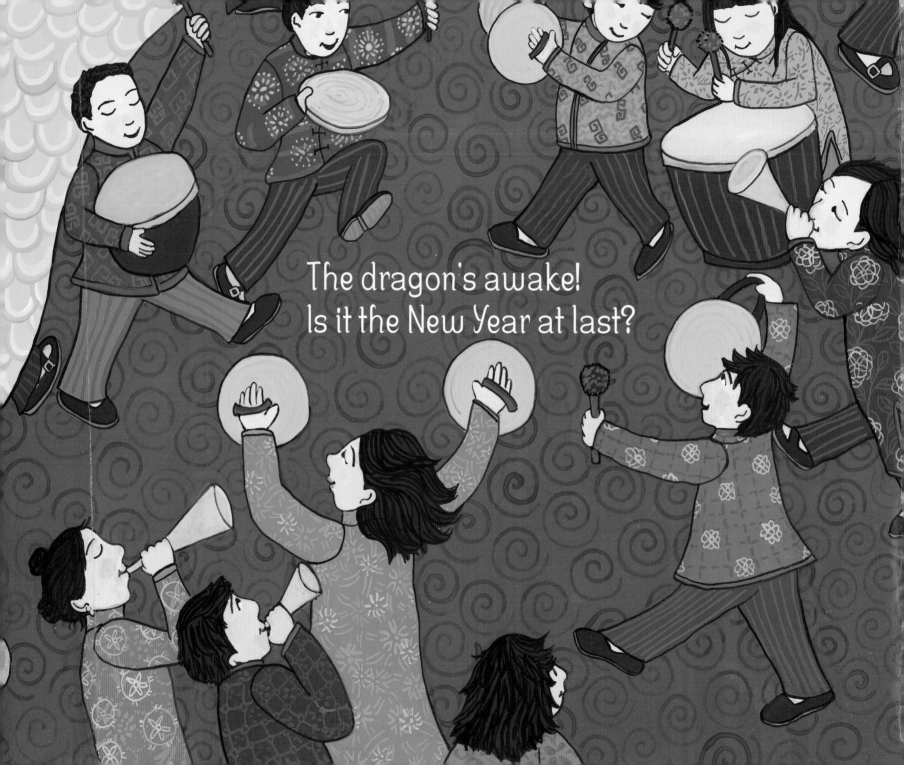

The dragon's awake!
Is it the New Year at last?

good luck sign

bunny lantern

red envelope

drum

dumplings

symbolic sun

qi pao

oranges

noisemaker

To make sure that the New Year is full of plenty of food and luck, people feast at New Year banquets. Most foods have symbolic meanings—oranges, dumplings, and a whole fish mean wealth, and eating them brings prosperity into the New Year. To scare away evil spirits, firecrackers are lit and lions are given offerings (usually lucky red envelopes of money) to dance. The bad spirits are also frightened by the bright lanterns, which light the way for the New Year.

And no New Year is complete without the appearance of the lucky dragon. When a new dragon is used for a parade, it can be "woken up" by an eye opening ceremony. This simple ceremony paints in the eyes of the dragon so he can see the symbolic sun (the round shape carried by the parade leader). The dragon chases the sun around and around, ensuring that we will have many nights and days. His chase is accompanied by many merrymakers, whose joyous noise helps scare any remaining evil spirits, guaranteeing a happy, lucky New Year!

Chinese New Year

Chinese New Year, which is now more commonly called Lunar New Year (since it is based on the lunar calendar and many other countries besides China observe it), is one of the most celebrated holidays in the world. It is such an important festival that it traditionally lasted for fifteen days, ending with the Lantern Festival. Nowadays, however, most people just celebrate for one day. It is a time for families and friends to get together and is the biggest, most exciting event of the year.

There are many customs and traditions associated with the New Year. People prepare for this festival for almost a month ahead of time. Houses are cleaned (to sweep away the old year), debts are paid (so the New Year begins without obligation), and red decorations featuring spring poems and good wishes are put up to welcome in the New Year (red is considered a lucky color). People also prepare themselves—cutting their hair and buying new clothes. All this is done so the New Year can start fresh.

Yes, hooray!
The New Year is here!
Happy New Year,
everyone!

firecrackers

spring
couplets

富贵有余年年乐

花开四季月月香

decorated
kumquat tree

broom

whole fish

gong

春

spring
lantern

La Canción de la Abuelita

A Darshana porque eres la mayor — con amor Baba

A mi madre y a mi hija — J.M.

Barefoot Books
37 West 17th Street
4th Floor East
New York, New York 10011

Diseño gráfico: Design/Section, Inglaterra
Separación de colores: Grafiscan, Italia
Impreso en Singapore: Tien Wah Press (Pte) Ltd

1 3 5 7 9 8 6 4 2

U.S. Cataloging-in-Publication Data (Library of Congress Standards)

Soros, Barbara.
    La canción de la abuelita / escrito por Bárbara Soros ; ilustrado por Jackie Morris.
— 1st Spanish ed.
[32]p. : col. ill. ;   cm.
Originally published in English: Grandmother's Song, 1998.
Translated by: Reyes Velázques.
Summary: Grandmother recognizes her timid granddaughter's fears and offers her comfort,
stroking courage and love into her limbs. The timid child grows into a strong, confident woman,
passing the lessons onto her own children; so, even when grandmother dies, her spirit lives on.
ISBN 1-84148-218-8
1. Grandmothers — Fiction. 2. Spanish language. I. Morris, Jackie, ill. II. Title: Grandmother's
Song. III. Title.
    [E]--dc21   1999   AC   CIP

La Canción de la Abuelita

Escrito *por* Bárbara Soros *& Ilustrado por* Jackie Morris

walk
the way of wonder...
Barefoot Books

En el corazón de México,
los halcones vuelan sobre la
cima de las montañas y descienden hacia el declive de
las cosechas de maíz. Las iguanas descansan sobre las rocas
reflejadas, bajo el calor del sol tropical. Los tucanes charlan
con los animales que se posan en los árboles color verde
esmeralda. En estas colinas, el puma corretea, los zorros grises
persiguen a los pollos y los lobos se comunican durante la noche.
Al pie de estas montañas hay un pueblecito donde una vez vivía una
abuelita con su nieta. En primavera, la abuelita y la nieta plantaban maíz,
tomates y girasoles y veían brotar de la tierra las nuevas coles verdes.
En el verano, recogían lirios blancos y los ponían en cestas sobre sus
espaldas para llevarlos al mercado. En el tiempo de la cosecha,
decoraban los altos tallos de maíz durante el Festival del Maíz,
para dar las gracias por el grano del año. El Día de los Muertos,
montaban un altar y encendían velas para recordar a sus familiares
muertos. En Navidad, cogían papel y pegamento
para hacer piñatas rellenas de fruta y caramelos.

La abuelita era altiva
y orgullosa. Sus delicadas
mejillas se extendían suaves y rechonchas a
través de sus anchos pómulos. Sus ojos eran profundos,
cálidos y marrones, y aunque tristes mostraban amabilidad.
Sus pechos eran suaves y amplios y era una mujer de caderas
redondas. Tenía unas piernas fuertes y unos pies robustos que
parecían estar arraigados a la tierra como un árbol viejo.
Sus brazos eran fuertes y sus manos elegantes con dedos
finos y largos.

Su nieta era tan delicada como las flores de un árbol jacarandá.
Sus grandes ojos abiertos eran brillantes y despejados. Sus pequeños
labios arqueados eran rosados y parecía que había estado comiendo
fresas todo el día. A ella le encantaba explorar e imaginarse cosas.
A veces jugaba en el campo y en el bosque sola, pero al mismo tiempo
que jugaba temblaba de miedo. Tenía miedo de las sombras y de los
gritos de los animales y así de todo aquello que le resultaba nuevo
y extraño.

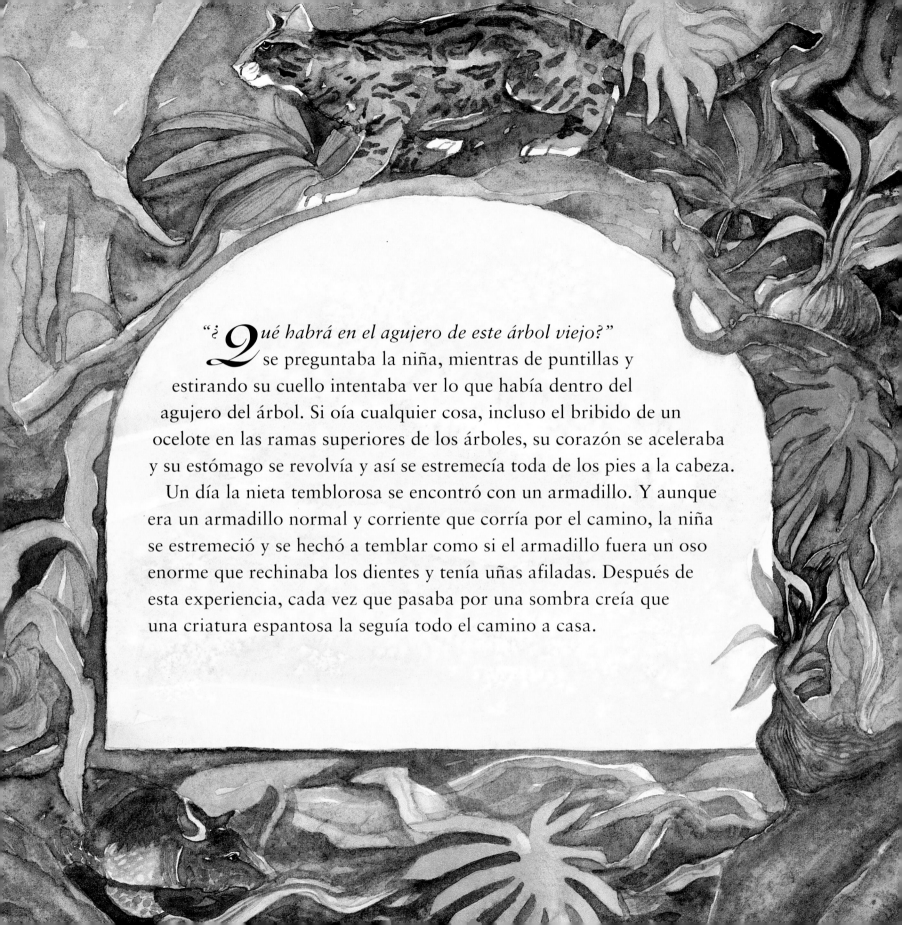

"¿*Qué habrá en el agujero de este árbol viejo?*"
se preguntaba la niña, mientras de puntillas y
estirando su cuello intentaba ver lo que había dentro del
agujero del árbol. Si oía cualquier cosa, incluso el bribido de un
ocelote en las ramas superiores de los árboles, su corazón se aceleraba
y su estómago se revolvía y así se estremecía toda de los pies a la cabeza.

Un día la nieta temblorosa se encontró con un armadillo. Y aunque
era un armadillo normal y corriente que corría por el camino, la niña
se estremeció y se hechó a temblar como si el armadillo fuera un oso
enorme que rechinaba los dientes y tenía uñas afiladas. Después de
esta experiencia, cada vez que pasaba por una sombra creía que
una criatura espantosa la seguía todo el camino a casa.

Cuando la abuelita oyó el crujido de la puerta
al abrirse, corrió hacia su nieta y la cogió en sus
brazos abrazándola. La sentó en su gran regazo y la acarició
dulcemente. Acarició su cabeza y su delgada espalda y al mismo
tiempo que la acariciaba cantaba: "*Pequeña mía, puedo sentir
tu joven corazón latir, puedo sentir tu barriguita moverse, puedo
oír miedo dentro de tus huesos*".

La abuelita acariciaba a su nieta una y otra vez y continuaba
cantando: "*El mundo es un lugar que da miedo a aquéllos
que no confían, por eso yo estoy introduciendo confianza
dentro de tí con mis caricias, confianza que mi abuela introdujo
en mí y su abuela introdujo en ella y así sucesivamente*".

Mientras la abuelita continuaba cantando, el sol se
ponía por detrás de la casa y la niña sentía un cálido
bienestar recorrer todo su cuerpo hasta que el temblor
desapareció y finalmente se quedó dormida.

Al día siguiente, mientras la niña temblorosa jugaba por el camino, un grupo de niños revoltosos se le acercaron y le preguntaron: "*¿Por dónde se va al río?*" La niña, en vez de salir corriendo y a pesar de que estaba temblando por dentro, les señaló el camino sin que su dedo temblase.

Esa noche, la niña temblorosa le contó a su abuela lo que había sucedido. La abuelita sonrió y dijo: "*Esto es una buena señal*". Sentó a su nieta en su regazo y la acarició como si fuera un gatito y empezó a cantar: "*Escúchame bien, pequeña mía: Puedo sentir tu barriguita moverse, puedo oír miedo dentro de tus huesos. El mundo es un lugar que da miedo a aquéllos que no tienen valor, pero hoy tú mostraste tu valentía cuando les señalaste el camino a esos niños, a pesar de que en el fondo querías salir corriendo*".

La abuelita continuaba acariciando a su nieta y cantando: "*A tu acto de valentía añado mi valentía, la valentía de mi abuela y la de su abuela y así sucesivamente*". La niña sintió una oleada de fortaleza recorrer todo su cuerpo y el temblor desapareció.

Un día una chuparrosa cayó de su nido en el jardín y se rompió una ala. En vez de salir corriendo, la niña temblorosa fue hacia donde estaba el pequeño pajarito y lo recogió.

En sus manos, la niña podía sentir el diminuto corazón del pajarito latir agitadamente y también podía sentir el plumaje de su caliente barriguita. La chuparrosa temblaba tanto o incluso más que ella. Lo llevó dentro de la casa en sus manos y lo sostenía con la misma ternura con la que su abuelita la sostenía a ella.

La abuelita sabía cómo cuidar de los animales heridos. Juntas, pusieron en una caja tela y paja y le hicieron un pequeño nido. Después lo alimentaron con un cuentagotas. La niña le daba una gota detrás de otra para que entrasen por su diminuto pico.

Al mismo tiempo que alimentaba al pajarito, una sensación de emoción recorría el cuerpo de la niña.

La abuelita sonreía dulcemente con sus ojos iluminados y decía: "*Sin duda alguna, esto es una buena señal*".

Mientras el pajarito dormía, la abuelita sentó a su nieta temblorosa en su regazo y empezó a cantar: "*Pequeña mía: Puedo sentir tu barriguita moverse, puedo oír miedo dentro de tus huesos. El mundo es un lugar que da miedo a aquéllos que no pueden ayudar a otros. Hoy tú ayudaste a un pajarito desamparado y por lo tanto descubriste tu talento para ayudar a otros*".

La abuelita abrazó con cariño durante toda la noche a su querida nieta, sentada en su confortable regazo y cantaba: "*Te doy mi talento y el talento de mi abuela y el de la suya y así sucesivamente*".

$\mathcal{U}$na tarde, la niña temblorosa
fue al mercado para curiosear y
cuando estaba ojeando en uno de los puestos oyó
a un comerciante acusar a un niño de haber robado algo
que no había cogido.

El comerciante estaba acusando al niño con su cara de enfado,
cuando la niña temblorosa, a pesar de que su corazón latía con fuerza,
se aproximó al hombre y le dijo: "*Este niño no ha cogido nada, yo no
le he visto coger nada, por favor no le grite*".

El comerciante soltó un gruñido y la niña le preguntó: "*¿Cuánto
dinero le falta?*"

"*10 centavos*", murmuró el comerciante. La niña se metió la mano
en los bolsillos, y le dió al comerciante todo el dinero que
llevaba.

Cuando la niña temblorosa llegó a casa sin casi respiración, porque había corrido todo el camino, y le contó a la abuela lo que había sucedido ésta respondió: *"Esto es realmente una buena señal"*.

La abuelita la sentó en su gran regazo y la abrazó durante mucho tiempo cantando: *"Escúchame bien, pequeña mía: El mundo es un lugar que da miedo a aquéllos que no tienen dignidad. Hoy mostraste tu dignidad cuando te enfrentaste entre el cielo y la tierra. Yo te doy mi dignidad, la dignidad de mi abuela y la de la suya y así sucesivamente"*.

La niña temblorosa sintió un estraño orgullo recorrer todo su cuerpo. Se sentía mayor y más fuerte de lo normal y al mismo tiempo sentía su rostro vibrante y cálido.

$\mathcal{L}$as veces que la abuelita acarició
a su nieta y las veces que le cantó,
no se saben realmente. Lo que sí se sabe es que lo hizo
muchas, muchas veces durante muchas semanas y muchos
años. Ella inculcó en su nieta temblorosa confianza, valentía,
talento y dignidad. Sus canciones eran tan profundas, que
conmovieron todas las partes de su cuerpo: sus músculos, sangre,
corazón e incluso sus huesos.

La niña se convirtió en una mujer fuerte, segura, digna de confianza,
generosa y amable, deleitando todo lo que la rodeaba. Nadie se acuerda
ya de cuando tenía miedo de los armadillos.

A pesar de que se hizo mujer y ya tenía su propia familia, la nieta,
en ocasiones, le gustaba apoyar su cabeza en el regazo de su abuela.
Sabía muy bien el valor que tenían las manos de su abuela y entendía su
lenguaje cuando sus delicados dedos acariciaban su cabeza haciéndola
sonreir y cerrar los ojos.

Con el paso del tiempo, la abuelita se hacía más vieja y frágil y su nieta iba a cuidarla todos los días. Al amanecer llegaba temprano para encenderle el fuego de la chimenea y hervir el agua para hacer té. Cocinaba para ella y le lavaba y cepillaba su fino cabello color de plata. Le daba un masaje a sus cansados pies y adorables manos, frotando cada uno de sus rígidos dedos. A veces, daban paseos por el pueblo atravesando el valle y adentrándose en las montañas riendo y cantando juntas. Si el camino estaba en malas condiciones, la nieta ofrecía el brazo a su abuela para ayudarla a continuar el paseo.

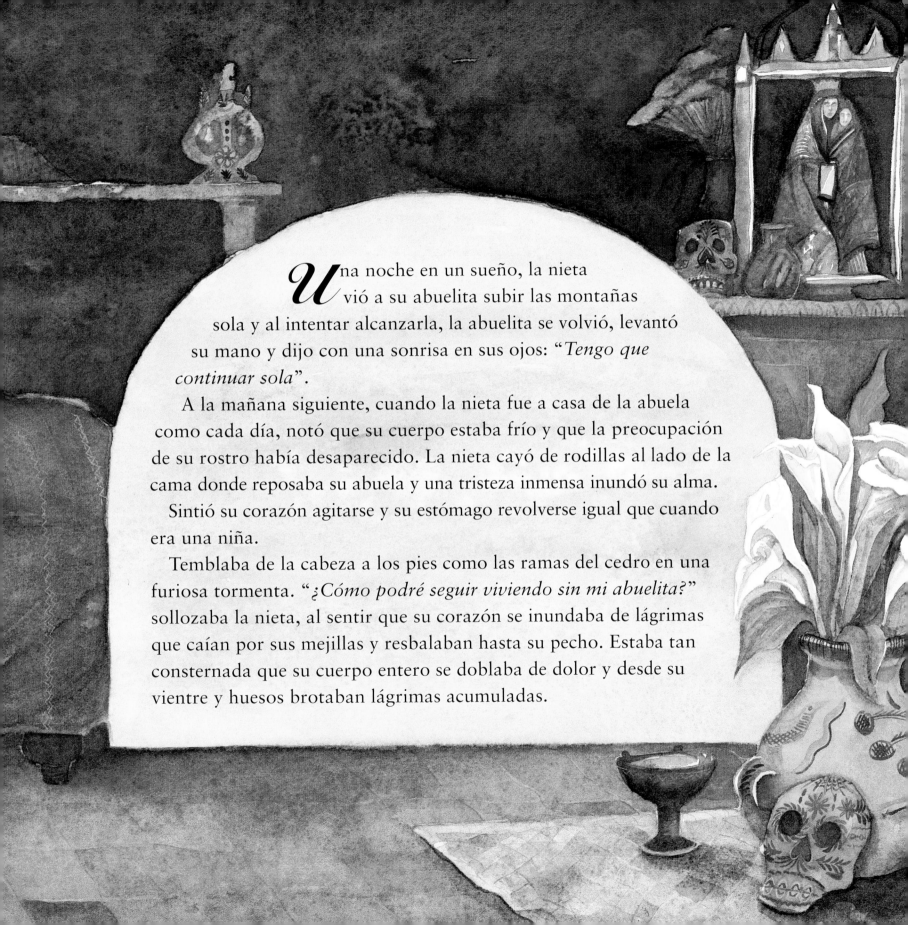

*U*na noche en un sueño, la nieta
vió a su abuelita subir las montañas
sola y al intentar alcanzarla, la abuelita se volvió, levantó
su mano y dijo con una sonrisa en sus ojos: *"Tengo que
continuar sola"*.

A la mañana siguiente, cuando la nieta fue a casa de la abuela
como cada día, notó que su cuerpo estaba frío y que la preocupación
de su rostro había desaparecido. La nieta cayó de rodillas al lado de la
cama donde reposaba su abuela y una tristeza inmensa inundó su alma.

Sintió su corazón agitarse y su estómago revolverse igual que cuando
era una niña.

Temblaba de la cabeza a los pies como las ramas del cedro en una
furiosa tormenta. *"¿Cómo podré seguir viviendo sin mi abuelita?"*
sollozaba la nieta, al sentir que su corazón se inundaba de lágrimas
que caían por sus mejillas y resbalaban hasta su pecho. Estaba tan
consternada que su cuerpo entero se doblaba de dolor y desde su
vientre y huesos brotaban lágrimas acumuladas.

La voz de la abuelita llenaba la habitación diciendo: *"Pequeña mía, escucha bien"*. Al mismo tiempo que la nieta escuchaba la voz, sentía las fuertes y delicadas manos de la abuela acariciarle la espalda. Estas manos invisibles eran más poderosas que las manos terrenales de la abuela y le daban bienestar de la cabeza a los pies. Sentía que las manos de la abuela, la cogían, la acunaban y la merecían como cuando era un bebé. La nieta sintió una sensación de calor entrar en su corazón, su vientre y sus huesos, y de la misma manera que su tristeza le vino le desapareció. Sintió su corazón relajado y con fuerzas en cada uno de los miembros de su cuerpo. Así pudo sacar fuerzas para levantarse y acariciar las mejillas y la frente de su querida, ya muerta, abuelita.

La nieta también se convirtió en una abuelita y sentaba a sus hijos y nietos en su gran regazo.

Ella, al igual que su abuela, acunaba a sus hijos y nietos en sus poderosas y fuertes manos, reía y lloraba con ellos, les cantaba y les susurraba: *"Hijos míos, escuchen bien: El espíritu de la abuelita está en todas partes; está en el viento, en los árboles, en los valles y colinas . . . Las manos del espíritu de la abuelita juegan con los peces en el arroyo y encienden la chimenea del hogar. El espíritu de la abuelita está presente cuando estamos con nuestros amigos, cuando saboreamos la buena comida, cuando reímos y cuando estamos a punto de llorar. Estemos donde estemos, la abuelita siempre estará con nosotros, y cuando la necesitemos solamente tenemos que cerrar los ojos y sentir que nos abraza"*.

Las Caricias de la Abuela

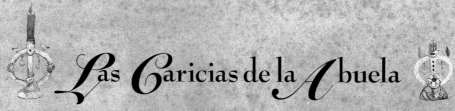

Este cuento celebra el poder del contacto físico y la continuidad de la vida después de la muerte. Cuando la abuelita tocaba a su nieta, le transmitía el amor y la sabiduría de sus generaciones. Cuando tocamos a nuestros hijos bien, mediante el sonido de nuestra voz, nuestras palabras, una mirada o mediante la forma en la que les acariciamos y abrazamos, marcamos en ellos el pasado y el futuro.

Acariciamos de la misma manera en la que nos acariciaron, transmitiendo los mensajes de nuestras generaciones y sus valores. Las células de los cuerpos de nuestros hijos, transportan nuestros mensajes a lo largo de sus vidas. Cuando se hacen adultos, entienden el concepto de bienestar y amor propio que les hemos inculcado, y así ellos por su parte, transmiten los mensajes de generaciones a sus hijos.

Cuando la abuelita escuchaba a su nieta, la escuchaba con todo su corazón, ésta es la manera de escuchar a los niños para que se sientan recibidos y respetados. Cuando escuchamos a los niños con nuestro corazón, pueden aprender a reconocer lo que hay en sus propios corazones, y a reconocer sus dones ancestrales. De ésta manera aprenden a escuchar sus necesidades y las necesidades de otros, al igual que aprenden a dar y a recibir.

Cuando acariciamos a nuestros hijos con amor y cariño y escuchamos el consciente y subconsciente de sus necesidades y deseos y de ésta manera les damos el don más sagrado:

"*Saber el lugar al que pertenecen en el universo*". De ésta manera no sólo les preparamos para afrontar la vida con dignidad sino que también les preparamos para educar las futuras generaciones. Para los mexicanos, el espíritu de las pasadas generaciones salvaguardan y preparan a las generaciones presentes y futuras de una manera real que se puede percibir.

Los mexicanos creen que los espíritus de los muertos están entre los vivos. Cuando un pariente o amigo muere, a pesar de la tristeza y pérdida que se siente, existe la creencia de que el espíritu no está muy lejos. Se cree que una cortina fina divide el mundo de los vivos del de los muertos. Con frecuencia, la gente se puede comunicar silenciosamente e intuitivamente con sus parientes y amigos muertos. A veces pueden sentir e incluso ver y oír los espíritus de los muertos. La relación entre los vivos y los muertos en México es tan íntima, que los mexicanos celebran cada año "El Día de los Muertos" para conmemorar la vida y la muerte y la vida eterna del espíritu.

Este cuento honra la profunda creencia de los mexicanos en la supervivencia del espíritu. También honra la creencia de los indígenas en que la presencia de la abuela perdura después de su muerte, no sólo como un espíritu sino también como parte de la naturaleza.

Bárbara Soros